KB164387

시인의 모자

시인의 모자

임영조 시집

창비

차 례

제3부

제4부

제1부

간

푸성귀는 간할수록 기죽고
생선은 간할수록 뻣뻣해진다
재앙을 만난 생의 몸부림
적멸의 행간은 왜 그리 먼가

여말에 요승이 임금 업고 까불 때
간 잘 맞춘 임박은 승지가 되고
간하던 내 선조 임향은 괘씸죄 쓰고
남포 앞 죽도로 귀양 가 소금이 됐다

세상에 간 맞추며 사는 일
세상에 스스로 간이 되는 일
한 입이 내는 奸과 諫 차이
한 몸속 肝과 幹 사이는 그렇게 먼가

꼴뚜기는 곰삭으면 무너지지만
멸치는 무너져도 뼈는 남는다
꽁치 하나 굽는데도 필요한 소금

과하면 짜고 모자라면 싱거운
간이란 그 이름을 세워주는 毒이다
간이 맞아야 입맛이 도는
입맛이 돌아야 살맛나는 세상에
그 어려운 소금맛을 늬들이 알어?

오이도

마음속 성지는 변방에 있다
오늘같이 싸락눈 내리는 날은
싸락싸락 걸어서 유배 가고 싶은 곳
외투 깃 세우고 주머니에 손 넣고
건달처럼 어슬렁 잠입하고 싶은 곳
이미 낡아 색 바랜 시집 같은 섬
— 오이도행 열차가 도착합니다
나는 아직 그 섬에 가본 적 없다
이마에 '오이도'라고 쓴 전철을
날마다 도중에 타고 내릴 뿐이다
끝내 사랑을 고백하지 못하고
가슴속에 묻어둔 여자 같은 오이도
문득 가보고 싶다, 그 섬에 가면
아직도 귀 밝은 까마귀 일가가 살고
내내 기다려준 임자를 만날 것 같다
배밭 지나 선창가 포장마차엔
곱게 늙은 주모가 간데라 불빛 쓰고
푸지게 썰어주는 파도소리 한 접시

소주 몇 잔 곁들여 취하고 싶다
삼십여 년 전 서너번 뵙고 타계한
지금은 기억도 먼 나의 처조부
吳利道 옹도 만날 것 같은 오이도
내 마음 자주 뻗는 외진 성지를
오늘도 나는 가지 않는다, 다만
갯벌에는 나문재 갈대꽃 피고 지고
토박이 까치 무당새 누렁이랑 염소랑
나와 한 하늘 아래 부디 안녕하기를.

느티나무 타불

곡우 지나 입하로 가는 동구 밖
오백 년을 넘겨 산 느티나무가
아직도 풍채 참 우람하시다
새로 펴는 양산처럼 綠綠하시다

이제 막 어디로 나설 참인지
하늘로 빗어올린 푸른 머리칼
무쓰를 바른 듯 나붓나붓 윤나는
싱그러운 주책이 정정하시다

그런데 이런! 다시 보니
꺼뭇한 앙가슴이 동굴처럼 허하다
얼마나 오래 속 태우며 살았는지
정말 마음 비운 노익장이다
배알까지 빼주고 지은 절 한 칸
스스로 空이 되는 적멸궁이다

저 늙은 느티나무는 아마

어느 날 느닷없이 날벼락 맞고
문득 깨쳤으리라 몸을 비웠으리라
중심을 잡기 위해 무게를 덜고
부질없는 노욕을 버렸으리라

속 비우고 여생을 지탱하는 힘
마지막 안간힘이 곧 나무아미타불
이승에서 이름을 완성하는 것이리
이제는 저승의 명부에도 빠졌을
저 늙은 느티나무는 이 다음
죽어서도 느티나무 陀佛이 되리.

새벽 산에서

잠이 먼 새벽 홀로
여름 산 숲속에 들면
나도 정말 生生한 사람이 된다

딱따구리 기척에 잠을 턴 산이
서늘한 계곡을 깊게 벌리고
밤새도록 참았던 물소리를 내린다
으스스 진저리를 치면서

뚱뚱해도 곱게 늙은 부부가
약수를 한 바가지 달게 마시고
양팔을 휘두르고 목을 비튼다
앞뒤로 좌우로 거푸 두번씩
마음 따로 몸 따로

화장 진한 여자가 산을 오른다
사람보다 개를 더 좋아하는지
자기보다 잘 생긴 개만 데리고

그만 하산하는데 뒤에서 돌연
개가 짖는다, 뒷덜미가 켕긴다
山門 밖 하얀 찔레꽃 덤불
가시 돋친 웃음소리 등을 떠밀고
길은 곧 인간의 마을로 간다.

조팝나무꽃

매봉산 초입 오르막길에
갓 핀 한 무리 조팝나무꽃
앙증한 웃음소리 눈이 부시다
너무 귀엽고 예뻐 넋놓고 보다
어느새 손이 가서 쓰다듬는다
아직 여리고 비린 잇바디 세듯
조심조심 어루만지자, 덥석
하얀 젖니가 손가락을 깨문다
이 얼얼하고 황홀한 촉감!
간지럽고 환한 통증이 좋다
때 탄 손은 꽃들이 먼저 아는지
고개를 살래살래 젓다가 울컥
흰 젖을 토해놓는 조팝나무꽃
너무 고와 눈 시린 갓난아기다
어서 손 치우세요!
이 멋쩍고 부끄러운 내 손은
어디에 감출까 쩔쩔매는 나이다
그래도 너를 보면 내 피도 잘 돌아

온 하루 둥둥 얼러주고 싶구나
늙마에 어디 가서 몰래 본
돌잡이 딸 안고 눈웃음을 맞추듯.

대책 없는 봄

무엇이나 오래 들면 무겁겠지요
앞뜰의 목련이 애써 켜든 연등을
간밤엔 죄다 땅바닥에 던졌더군요
고작 사나흘 들고도 지루했던지
파업하듯 일제히 손을 털었더군요
막상 손 털고 나니 심심했던지
가늘고 긴 팔을 높이 뻗어서 저런!
하느님의 괴춤을 냅다 잡아챕니다
파랗게 질려 난처하신 하느님
나는 터지려는 웃음을 꾹 참았지만
마을 온통 웃음소리 낭자합니다
들불 같은 소문까지 세상에 번져
바야흐로 낯뜨거운 시절입니다
누구 짓일까, 거명해서 무엇하지만
맨 처음 발설한 건 매화년이고
진달래 복숭아꽃 살구꽃이 덩달아
희희낙락 나불댄 게 아니겠어요
싹수 노란 민들레가 망보는 뒤꼍

자꾸만 수상쩍어 가보니 이런!
겁 없이 멋대로 발랑 까진 십대들
냉이 꽃다지 제비꽃 환하더군요
몰래 숨어 꼬나문 담뱃불처럼
참 발칙하고 앙증맞은 시절입니다
나로서는 대책 없는 봄날입니다.

괄호 속의 남자

뙤약볕에 가로수 그늘도 지친
사당 사거리 대로변 한켠에서
중년 사내가 옷가지를 팔고 있다
—자, 단돈 오천 원이요 오천 원!
구릿빛 팔뚝을 감은 용의 문신이
땀에 전 채 엇박자로 손뼉을 친다
시간만 토막토막 사방에 튈 뿐
도무지 사는 사람이 없다, 갑자기
거리 질서 단속반 트럭이 멎고
장정들 네댓 날쌔게 달려든다
옷가지 꾸러미를 차에 처넣고
사내의 죽지를 잡아끈다, 버틴다
—존말 할 때 당장 따라와!
좋은 말의 뒷전은 자칫 수렁이다
이판사판 드잡이가 험악해지고
매미울음 더욱 자지러진다
—이젠 마음잡고 살아볼라고……
앙버티다 돌연 파리가 되는 사내

맨땅에 무릎 꿇고 빌어도, 끝내
꼬리 내린 용처럼 끌려간 사내
뒷소식이 궁금해 무더운 한낮
매미울음 욱신욱신 귀를 찌른다
괄호 같은 시선들 뿔뿔이 흩어지고
뙤약볕만 붐비는 그 자리에 또
웬 낯익은 사내 하나 외치고 있다
—자, 오천 원이요 오천 원
시집 한 권에 단돈 오천 원!

밀물

텅 빈 갯벌에 물 들어온다
낮은 포복으로 낮은 포복으로
불시에 전진하는 점령군들이
햇빛가루 반짝이는 물장판 깐다

다 깔고 나면 누가 올는지
서해 갯벌에 와서 한나절
기다려도 아무도 오지 않는다
다만, 흰 갈매기 한 마리
물수제비 뜨듯 듬성듬성
발자국 찍고 낙조를 모종한다

아무 부끄럼없이 물 벗고 누워
땡볕에 살을 말린 갯벌은 왜
저물어야 벗은 옷을 다시 입는가
폐경기 여자처럼 혼자서는 우울해
바위섬 끌어안고 밤새워 춤을?

한 배로 몰래 받아 키운 자식들
꽃게 방게 바지락 모시조개며
숭어 농어 도다리 조기 새끼들
차마 들키기 무엇한 남루 때문에
갯벌은 또 먼바다를 끌어덮는 것이리

노을빛 주름주름 밀물져오는
저 거대한 주름치마 한 자락
슬그머니 들춰 보면, 아뿔싸!
성추문처럼 쓰리고 아픈 이야기
끝내 숨기고 싶은 세월 있으리.

매미소리

아그배나무 가지 매미가 우니
포플러나무 그늘 매미도 운다
저마다 덥다 덥다 외롭다 운다
감나무 가지 매미가 악쓰면
벚나무 그늘 매미도 악쓴다
그 무슨 열 받을 일이 많은지
낮에도 울고 밤에도 운다
조용히들 내 소리나 들어라
매음매음…… 씨이이…… 십팔십팔……
저 데뷔작 한 편이 대표작일까
경으로 읽자니 날라리로 읽히고
노래로 음역하면 상스럽게 들린다
선생(蟬生), 단에서 그만 내려오시죠
듣거나 말거나 믿거나 말거나
저 혼자 심각해서 우는 곡비들
찜통 속 부아만 쩔쩔 끓인다
저토록 제 가슴 다 끓이고 나야
물엿처럼 졸아드는 말복 끝머리

멋쩍어 허물 벗고 잠적하는 것일까
오늘도 시집을 세 권이나 받았다
나도 짐짓 열 받은 매미가 되어
이 열 치 열…… 한여름 난다.

첼로를 켜는 여자

배경은 막 먼동 틀 무렵이다
까만 드레스에 얼굴 흰 여자가
밝고 둥근 보름달을 밟고 나온다
의자에 앉자 오랜 산고를 풀듯
가랑이를 넌짓 벌려 첼로를 낳고
첼로가 부슬부슬 빗소리를 낳는다
해빙의 태반처럼 숨죽인 장내가
검은 융단 덮어쓴 듯 가라앉는다
박명에 이슬 털며 새벽길 걸어
풀물 드는 들녘으로 내닫는 여자
이젠 몸 벗어놓고 신들린 활 하나로
제 영혼 문질러 모든 벽을 허문다
다산형 야생마 젖가슴이 부풀고
긴 갈기 치렁치렁 목덜미가 부시다
단비 맞고 촉촉하게 젖은 첼로가
아랫배에 은근히 힘주는 소리
설레던 만삭의 뱃살 트는 소리가
연초록 갈채 속에 봄을 낳는다

온통 물 오른 귀를 세운 장내는
저마다 흠뻑 젖은 손으로
신생의 봄을 받아내고 있다.

오도송

개심사 뒤란 남새밭머리
왕따로 늙은 감나무 한 주
청대숲 거느린 품이 참 훤츨하다
언제 어디서 무슨 연고로 입문했을까
모르긴 해도 소싯적 저 沙門도 아마
주지스님 눈밖에 나 경내로는 못 들고
삼문 밖 둔덕에서 홀로 늙었으리라
봄마다 꽃피운 노란 탯줄도 끊고
늘 푸른 대숲소리 경으로 듣던
서늘한 귀동냥을 문득 깨친 이 가을
무서리에 입성 벗고 야윈 손마다
자랑자랑 내보이는 떼불알이 환하다
평생을 뒤곁에서 홀로 늙어 성불한
千手千眼 관세음 감나무 보살이다
가을볕에 농익은 여의주를 굴리는
늙은 보살 아래서 입맛이나 다시고
떫은 생각이나 굴리는 중생이
저 뜨거운 법어를 어찌 거저 따먹나

손조차 무거워 그만 돌아서는데
웬 난데없는 붉은 악마들인가
우~ 내려가라! 짝 짝짝짝짝!
뒤에 대고 퍼붓는 빛부신 야유
들을수록 민망하고 황홀한.

따뜻한 등짐

백담사 출발 수렴동 계곡 지나
대청봉 턱밑 봉정암 못 미쳐
가파른 암벽길 오르다 보니 아연
갈 길도 오던 길도 간 곳이 없다
금세 굴러내릴 듯 바윗돌 총총
가로막혀 숨차고 몸이 후들거린다
가야 할 길보다 걸어온 길이 멀어
그만 돌아갈 수도 없는 외통길이다
이젠 한 마리 짐승처럼 네 발로
아찔한 암벽을 기어오른다, 문득
등에 진 배낭이 성가시고 무겁다
미련없이 당장 버리고 싶다, 허나
오르막길 등짐은 정분이 난 악처다
돌부리에 걸려 몸이 휘청할 때도
찰싹 붙어 균형을 잡아주는 짐이다
오래 지면 누구나 짐이 된다고
자식들 몰래 집을 나간 노모처럼
짐은 때로 혹이 된다 배후가 된다

이 산등성이 하나 오르는데도
애물 같은 등짐이 내 중심을 잡다니
내 무게를 받아주는 악처 같은 빽
나도 짐이 되고 싶다, 누군가의
짐이면서 빽이 되는 따뜻한 등짐.

낙타풀

이 세상 어디를 가든
땡볕 피할 그늘 하나 없는 곳
가도 가도 목타는 곳이 사막이다
발 뻗고 쉴 곳 없는 사막에서
이따금 내가 만난 풀들은 왜
표정조차 뻣세고 가시 많은 것일까
무시로 경을 치는 모래바람 속
몸 둘 바를 몰라 쩔쩔매는 선인장
믿을 것은 그래도 자신밖에 없다고
온몸에 가시바늘 세우고 산다
뿌리까지 흔들리는 멀미 속에서
중심 잡고 악착같이 살아야지
남에게 함부로 씹히지 말아야지
무게를 덜고 오기로만 버티는
낙타풀은 몸이 온통 가시다
바람에 벼린 서슬 푸른 적의다
사막에서 내가 만난 풀들은 대개
뾰족하고 의심이 많다, 나도 가끔

가시 돋친 말을 뱉는 낙타풀이다
내가 뱉은 가시에 내가 찔리는.

성선설

장기 복역하다 칠순 넘겨 출옥한
피부가 청년처럼 잔주름 하나 없이 깨끗한
어느 기이한 노인에게 목사 시인이* 물었다
헌데 비결은 아주 간단한 '건포마찰'
대답은 짧지만 사연은 너무 긴 것이었다

감방에서 몇십년을 하루도 안 거르고
자고 새면 손끝에서 발끝까지 전신을
마른 수건으로 문질러 닦았다는 것이다
그러니까 노인은 건강비결을 설하려다가
개과천선을 들켜버린 셈이다
목사 시인은 장수비결을 설하려다가
성악설을 흘려버린 셈이다

노인의 유일한 방주는 수건이다
마른 수건 한 장에 여생을 걸고
인간의 탈을 벗고 싶었을 게다
생의 지우개로 과거를 지우고

새 사람이 되고 싶었을 게다
마른 수건 한 장으로 사포질하듯
마음속 때도 오래 문질렀을 것이다

묵은 마늘이나 양파 껍질도
눈물깨나 흘리며 까고 벗겨야
참 매끄럽고 말간 속살이 드러난다
사람의 속내도 그와 같아서
마음 안팎 허물부터 벗겨야 한다
닦을수록 본성이 착하고 예쁜 축생은
사람이라고 설하다 간 사람 누구였더라?

* 고진하 시인. 여러해 전 강릉 해변 문학행사에 갔다가 고시인을 처음 만나 담소를 나누던 중에 얻어들은 이야기를 소재로 재구성해본 것이다.

한 소식

나리들은 술집에 가시면 주로
폭탄주를 드신다고 들었다
충분히 이해가 가는 말이다
곁에는 육방 찰방에 목탁 서넛에
춘향 모녀까지 증인삼아 앉히고
폭탄주를 돌린다고 들었다
충분히 이해하고 남을 말이다
하시는 일 마음대로 안되고
속이 오죽 폭폭하시면
자폭을 기도할까 경배하고 싶다
그리고 기다린다 부디 한 소식
슬프건 기쁘건 또는 우습건.

제2부

눈 그친 대숲

눈 그친 대숲 속
부리 작은 참새떼가 떠들썩
어둠 쪼는 소리로 먼동이 튼다
선잠 깬 대숲이 햇귀 받아 부신지
용쓰듯 눈짐 털고 푸르게 선다
가문을 함부로 넘보지 말라!
울울창창 일제히 궐기한 형국이다
숲 온채를 빗자루로 하늘을 쓸어
지체를 세우려는 환한 몸부림
서늘하고 올곧은 안간힘이 보인다
하늘로 머리 두고 사는 자는
거저 받는 서설도 짐이 된다고
서걱서걱 어깨 터는 청죽비소리
알겠다, 늘 푸르고 곧게 서려면
한살이의 마디는 매끄럽고 분명히
생의 보푸라기는 자주 터는 것임을
마음 비운 전신의 빨대를 세상에 박고
한 우물만 젖 먹듯 빠는 것임을

눈 그친 대숲은 보여주는 것이다
삭신 온통 얼얼하고 시리게.

화려한 오독

장마 걷힌 칠월 땡볕에
지렁이가 슬슬 세상을 잰다
시멘트 길을 온몸으로 긴 자국
행서도 아니고 예서도 아닌
초서체로 갈겨쓴 일대기 같다
한평생 초야에 숨어 굴린 화두를
최후로 남긴 한 행 절명시 같다
그 판독이 어려운 일필휘지를
촉새 몇 마리 따라가며 읽는다
혀 짧은 부리로 쿡쿡 쪼아 맛본다
제멋대로 재잘대는 화려한 오독
각설이 지렁이의 몸보다 길다
오죽 답답하고 지루했으면
隱者가 몸소 나와 배밀이 하랴
쉬파리떼 성가신 무더위에
벌겋게 달아오른 肉頭文字로.

우담바라*

청계사 극락보전 삼신불 앞에
낯선 새떼들 왁자지껄 붐빈다
네가 곧 부처다
네 마음이 절이다
아무리 일러줘도 못 알아들으니
답답하신 부처는 문뜩 우담 봐라!
스스로 이마 찢고 꽃을 피웠다
앞뜰 냉이 꽃다지도 덩달아 피고
저 아래 마을에선 입이 싼
풀잠자리 웃음소리 자지러지고
오늘도 무사히 봄날은 간다.

* 한때 '우담바라 개화'로 화제가 된 몇몇 사찰의 불상에 나타난 현상을 두고 학계는 풀잠자리가 슬어놓은 알에 의한 것이라고 규명함.

석류 부처

시월 하늘 너무 높고 고요해
머리 숙여 내내 묵념하던 석류가
내심은 따분하고 심심했는지
입이 쩍 찢어지게 하품을 한다

엿보이는 입술 사이로
붉게 물든 치아가 가지런하다
이제 막 스케링을 끝낸 듯
얼얼한 통증이 가을볕에 부시다

아픔도 터지면 빛이 되는가
지난 시절 몰래 입은 상처들
영혼의 가마에 구워 빚은 사리다
비로소 천하에 내보이는 홍보석
최후에 발설하는 눈부신 말씀이다

자, 보라! 스스로 두개골 쪼개
주옥처럼 알알이 빛나는 언어

불씨처럼 잘 여문 시의 향기를
지상에 쏟아놓는 석류 부처여
온몸으로 쓴 시는 상처도 큰가

이 가을이 다 가도 나는
세상에 선뜻 내보일 게 없는데
戒를 받듯 삼가 석류를 딴다
거저 받기 두렵고 황홀한 佛頭
또 한 짐의 빚을 얻는다.

별똥별

젊은 친구들 틈에 끼여
추어탕에 소주잔을 돌리고
이차 가서 맥주잔 기울이다
거나해서 밤늦게 귀가하는 길
누가 또 장렬하게 산화하는가
동쪽에서 서쪽으로 좌르르
빗금 긋듯 꽁무니를 빼는 별
뒷모습 짧아도 아름다운 생이다
흩어져야 빛나는 별똥별이여
너희들은 어디서 무슨 술 먹고
그 무슨 안주를 밤늦도록 씹다가
이제사 뿔뿔이 헤어지는 길이냐
너도 집에 가면 와이프한테
미주알고주알 잔소리 좀 듣겠다
서로 다른 꿈자리로 돌아누운 채
서먹서먹 가라앉는 섬이 되겠다
생은 가끔 외로울 때 빛난다
왁자지껄 술자리 슬그머니 떠

저 홀로 은하 건너 총총히
사라지며 빛나는 별똥별처럼.

시인의 모자

나의 새해 소망은
진짜 '시인'이 되는 것이다
해마다 별러도 쓰기 어려운
모자 하나 선물 받는 일이다

'시인'이란 대저,
한평생 제 영혼을 헹구는 사람
그 노래 멀리서 누군가 읽고
너무 반가워 가슴 벅찬 올실로
손수 짜서 씌워주는 모자 같은 것

돈 주고도 못 사고 공짜도 없는
그 무슨 백을 써도 구할 수 없는
얼핏 보면 값싼 듯 화사한 모자
쓰고 나면 왠지 궁상맞고 멋쩍은
그러면서 따뜻한 모자 같은 것

어디서나 팔지 않는 귀한 수제품

아무나 주지 않는 꽃다발 같은
'시인'이란 작위를 받아보고 싶다
어쩌면 사후에도 쓸똥말똥한
시인의 모자 하나 써보고 싶다
나의 새해 소망은.

불나비 사랑

해 저문 양수리 호반가든
저녁놀 쓴 나비부인 대여섯
평상에 앉아 소주잔을 돌린다
얇게 썬 시국과 갖가지의 소문을
석쇠 위에 뒤적뒤적 굽는다
숯불처럼 벌겋게 달아오른 취기로
색이 진한 입담이 무르익는다
막가는 정치 경제 문학을 씹고
우상을 씹고 치정은 씹다 도로 삼킨다
식욕과 성욕은 왜 아무리 씹어도
덜 익은 고기처럼 질긴 것일까
나도 넌짓 한 마리 나비가 되어
두 귀가 팔랑팔랑 그쪽으로 기운다
추녀 끝에 빛부신 살충등이 설마
나락인 줄 모르고 날아드는 불나비
눈먼 사랑도 더러는 열락이 될까
뉴욕 하늘 찌르던 쌍둥이 빌딩
현란한 불빛이 새 아침 열 때

난데없이 날아든 불나비 두 마리
급소를 향해 일침 놓고 재가 된
살떨리는 경악도 우기면 순교라고?
날마다 한 소절의 득음을 찾아
막막하고 하얀 사막 헤매는 나도
그 어림없는 짝사랑도 어쩌면
부싯돌 사랑 같은 것일까
내 가슴속 몰래 숨긴 불씨도
누가 보면 위험하고 선부른
불나비 사랑 같은 것일까?

북두칠성

외기러기 상강에 언 발이 시려
끼룩끼룩 울면서 날아간 밤 하늘
지금은 어디만큼 갔느냐
캄캄한 벨벳에 금박으로 수놓은
물음표 하나 오들오들 빛난다
길을 다 가고 나면 빈 낚시처럼
물음표로 휘어진 게 생일까
허공을 팽팽하게 당길 때마다
오작교 난간이 삐걱거린다
다시 보면 일곱빛 보석이 박힌
은하물에 맑게 부셔 걸어둔
국자 하나 어둠을 퍼내고 있다
다 퍼낸 마을부터 첫닭이 울고
먼동이 트기 전에 나는 서둘러
저 높은 국자를 훔치고 싶다
새벽길 홀로 걸어 옹달에 고인
천상의 언어를 길어오고 싶다
가쁜 숨을 고르고 땀을 훔치며

매봉산 중턱 찬샘가에 오르면
어느 예쁜 손이 내려놓고 갔을까
바위에 엎어놓은 플라스틱 표주박
자루가 긴 칠성표 국자도 있다
어디를 가나 떠 마실 물이 없으니
예서 실컷 냉수나 마셔라?
그대가 놓고 간 사랑의 국자
너무 높고 멀어서 더욱 빛나는
하늘의 국자로 한 말씀 뜬다.

나무는 죽어서도 나무다

누가 저 논두렁에 박힌 말뚝을
죽은 나무라고 단정할 수 있으랴
누군가의 완력으로 처박힌 뿌리를
그 무슨 비유로 정의할 수 있으랴
잔가지 다 치고 군살도 빼고
꼿꼿한 근성만 땅에 박고 서 있는
저 나무의 生死를 왈가왈부
조서를 꾸미기엔 아직 이르다
산에서 징발된 나무로 보면
일개 이름 없는 볼모가 되지만
산에서 출가한 나무로 보면
으스러진 머리에 하늘을 이고
알몸으로 버티는 순교가 된다
—번뇌와 보리는 본시 하나라
미혹하면 번뇌요 깨달으면 보리다
말뚝 안의 네 협잡은 로맨스고
말뚝 밖의 내 이념은 치정이라고?
말뚝의 저쪽은 인민공화국이고

말뚝의 이쪽은 대한민국이라고?
날마다 말뚝에 매인 염소는
제 목줄로 잰 땅이 감옥이리라
저 말뚝도 한때는 이웃과 함께
눈부신 햇살로 나이테를 불리고
푸른 바람소리로 산을 키웠으리라
이젠 죄없이 유배된 땅에 박혀
앙상한 통뼈로 모진 세월 견디는
말뚝을 보면 坑儒가 생각난다
육탈로 맞선 환한 옹고집
당당하게 벌받는 생이 보인다
나무는 죽어서도 나무다.

너무 멀리 와 있네

어딘가에 떨어뜨린 단추처럼
어딘가에 깜박 놓고 온 우산처럼
도무지 기억이 먼 유실물 하나
찾지 못해 몸보다 마음 바쁜 날
우연히 노들나루 지나다 보네
다잡아도 놓치는 게 세월이라고
절레절레 연둣빛 바람 터는 봄 버들
그 머리채 끌고 가는 강물을 보네
저 도도하게 흐르는 푸른 물살도
갈수록 느는 건 삶에 지친 겹주름
별에 보면 물비늘로 반짝이는 책
낙장없이 펼쳐지는 大藏經이네
어느 한 대목만 읽어도 아하!
내 생의 유실물이 모두 보이고
어영부영 지나온 산과 들이 보이네
내 마음속 빈터에 몰래 심어둔
홀씨 하나 싹트는지 궁금한 봄날
거룻배 노 저어가 찾고 싶은 날

오던 길 새삼 뒤돌아보면 이런!
나는 너무 멀리 와 있네.

강가에서 1

얼었다 풀리는 등이 가려운지
은비늘 허옇게 뒤척이는 강
흘러가는 강물을 보노라면
어디론가 떠나는 남부여대
지난한 행렬의 뒷모습이 보인다

울먹울먹 속울음 감춘 강심은
한 필의 서럽고 긴 고별사처럼
갈수록 절로 깊어 멍이 푸르다
누가 또 말꼬리 잡고 늘어지는지
물살이 놔라 놔라 재게 흐른다

—가서 자리잡거든 소식 전해라!
—글쎄, 염려 마세요
해놓고 여태껏 소식 없는 염려들
염려가 안절부절 세월만 끌고 간다

끌고 가던 산도 들도 다 놓고

온몸으로 제 길을 밀고 가는 강
오체투지로 길 없는 길을 가는
강물은 몸이 길이다
길이 몸이다.

강가에서 2

고봉으로 얹힌 달빛이 넘쳐
산등 타고 부시게 흘러내린다
빈 자리를 채우는 서늘한 날염
희게 바랜 강물이 옥양목 같다
멀어지는 뒷모습 너무 그리워
돌팔매 하나 힘껏 날린다
중세의 청동거울 깨지는 소리
밤이 움푹 패인다
강이 돌아눕는다
일파만파
물너울이 펼쳐주는 책장을
나는 쉰 살 남짓 죄 까먹도록
다 읽지 못하고 예까지 왔다
세월의 아들 강이여, 다시는
사람 사는 마을로 오지 말고
아주 멀리멀리 내빼버려라!

나의 다비는

이 다음 나 세상 뜨고 나면
깨끗이 태워 화장하려면
생나무 장작불론 타지 않으리
그 동안 나는 너무 오래
조마조마 속 태우고 살아서
잘 마른 장작불로 태워야 하리
옹기 굽는 화력으론 안되고
백자 굽듯 관 불로 태워야 하리
안면도 야산 송림 한 채 다 태울
소나무 장작불로 태워야 하리
원하건대, 나의 다비는
건성으로 부르는 찬송가 사절
목탁만 멍이 드는 독경도 사절
내 생의 옹이마저 온전히 태워
비로소 완성되는 존재의 가벼움
내 안의 기억까지 가루가 되는.

배롱나무 아래서

어제 피운 바람꽃 진다
팔월 염천 사르는 농염한 꽃불
밤 사이 시들시들 검붉게 져도
또다른 망울에 불을 지핀다
언제쯤 철이 들까? 내내
자잘한 웃음소리 간드러지는
늙은 배롱나무의 선홍빛 음순
날아든 꿀벌을 깊이 품고 뜨겁다
조금 사리 지나고 막달이 차도
좀처럼 下血이 멎지 않는 꽃이다
호시절을 배롱배롱 보낸 멀미로
팔다리 휘도록 늦바람난 꽃이여
매미도 목이 쉬어 타는 말복에
생피같이 더운 네 웃음 보시한들
보릿고개 맨발로 넘다가 지친
내 몸이 받는 한끼 이밥만 하랴
해도, 오랜 기갈을 견뎌온 나는
석달 열흘 피고 지는 현란한 修辭

네 새빨간 거짓말도 다 믿고 싶다
그 쓰린 기억 뒤로 가을이 오고
퍼렇게 침묵하던 벼이삭은 패리라
처서 지나 한로쯤 찬이슬 맞고
햇곡도 다 익어 제 무게로 숙일 때
나는 또 한 소식을 기다려보리라
보름 넘어 굶다가 밥상을 받듯
받기 전에 배부른 배롱나무 아래서.

그걸 어떻게 먹나?

하루해가 설핏해진 저녁답
시선들로 붐비는 현대슈퍼는
얼마나 지독한 난청지역인지
마이크 쥔 여자의 목소리만 따갑다

—딸기 사세요, 딸기 사!
—한 근에 천 원, 떨이요 떨이!

떨이란 일종의 자포자기 같은 것
비 갠 날 빌려 쓴 우산 같은 것이리
맛이 간 애인처럼 난처한 애물
이를테면 허드레 사랑 같은 것이리

테이프를 틀어놓듯 외칠 때마다
한물간 딸기처럼 벌건 혀가 보이는
그녀의 쉰내 나는 목소리가 탁하다
눈으로만 만지다 그냥 가는 사람들
딸기는 밤새 더 곯아버릴 것이다

파장에는 누구나 조급해지고
마음까지 헤퍼지는 것일까
아직도 마이크 쥐고 악쓰는 여자
그 새빨간 입에서 튀어나온 딸기들
온갖 손때가 타 뭉그러진 말
그걸 난들 어떻게 먹나?

지천명

배터리가 다된 시계 초침이
정오의 낭떠러지 아래서
더 못 오르고 마냥 노닥거린다
너도 퇴행성 관절염을 앓거나
노인성 발기부전증은 아닌지
그래도 우리 멈추지 말자
저 언덕만 넘어가면 정동진
미명의 바다 찢고 해는 다시 뜨리라
최선을 다한 뒤에 오는 절망도
병신같이 숙이고 사는 것도 다
하늘의 뜻이려니 생각하면 편하다
벼락맞은 옹이에 또 날벼락 맞은
고목도 봄이 되면 세상에
신작을 발표하듯 새잎을 낸다
오, 서럽고 환한 몸부림
그걸 알고 사는 게 지천명이다
기력이 쇠한 시계여
그래도 우리 멈추지 말자.

제3부

법주사 타종을 보다

문장대 정상에서 내려와
어슬막에 지켜본 법주사 타종
범종은 터엉 비어 있었다
장정 스님 다섯이 번갈아가며
제 키 만한 메를 힘껏 먹이면
터엉 어엉 어어엉 어어어엉
크게 비운 소리가 멀리 가는가
터엉 빈 몸이 다시 게우는 소리
비운다는 생각까지 비우는 소리
잘 마른 물결로 天地空에 스미는
종소리는 그윽하고 둥글다
속 비운 소리가 온산을 흔들어
새소리 멎고 개울소리 뚝
붉게 멍든 하늘이 西로 기운다
터엉 어엉 어어엉 어어어엉
서른세 번째 치는 소리의 손이
삼십삼천을 마지막 쓰다듬자, 일순
범종이 없어졌다! 종 치던 스님들도

석등 들고 벌서던 쌍사자도 안 보인다
함께 간 일행도 어디로 사라지고
사방 온통 넉넉한 수묵빛 어둠이다
색과 공이 경계를 서로 지운 고요다
가슴 봉긋 섹시한 비천상 자매가
이제 막 하늘로 퇴근하는지
비파 들고 사뿐 종을 걸어나올 뿐
법주사 범종은 간 곳이 없다, 다만
어서 마음 다 비워라, 비워, 터엉!
비웠으면 俗離山을 떠나라, 어엉?
명명한 소리만 거듭 뒤통수 친다
얻어맞고 깨우친 아슴한 길눈
報恩으로 가려면 어디로 가죠?

질마재 추신

1

미당 선생 추모 일주기 날
질마재 미당문학관 식당에서
참가상 타듯 점심을 받는다
모락모락 더운 김 하얀 고봉밥
한술 막 뜨는데 어라! 창밖에
함박눈이 내린다, 거짓말처럼
말짱하던 하늘에서 퍼붓는 눈발
—괜찮다 괜찮다 괜찮다 괜찮다
마음놓고 많이 많이 드시게—
푸짐하게 퍼주는 뭉클한 서설
쌀밥처럼 뜨듯하다 맛있다

2

한 노스님께 물었다
"노스님 보시기에 요새 후학중

누가 싹수가 보입니까?"
"원숭이와 잔나비다"
"그 둘은 남의 흉내 잘 내는
이따금 스님 머리 잘 긁는
같은 속 축생이 아닙니까?"
"험담하지 마라!"

3

한 행자가 물었다
"큰스님은 생전에 친일시 쓰고
군부독재자 손을 들어줬다고
열반에 드신 후도 지탄받는데
스님께서는 어떻게 생각하십니까?"
"어린애처럼 천진해서 그렇다"
"스님의 과거 거수기 부역과는
어떻게 다릅니까?"
"아무튼 다른데 기억에 없다"

"사방에서 산이 죄어올 때는 어찌합니까?"*
"빠져나간 자취가 없다"

4

오던 눈 잠시 그치고
앞동산 유택으로 올라가본다
멀리 곰소만 건너 옥녀봉 우뚝
줄포 왕포 남포 격포 다 주목한다
물 빠져 널널하게 드러난 갯벌
왜가리 몇 마리 깝죽대다 날아간
저 넓고 깊은 바다도 흠집이 많군
허나 상처는 곧 밀물에 씻기리라
씻겨도 자취야 쓰리겠지만.

* 장경각 판 『조주록』 140면 하에서 차용.

길 없는 길
—2001년 2월 15일 오후 1시 20분

오늘 하루 적설량 23.4센티
이수역 부근 '옛날순대국집'에 가
늦점심 먹고 나는 홀로 걸었네
사람도 집도 차도 간판도 지워
세상 온통 흰 것뿐인 無色界
길 없는 길을 마냥 걸었네
거대한 지우개로 싹 지워버린
눈이불 한 채 덥고 숨죽인 거리
사당동 지나 국립묘지 앞까지
나는 홀로 아끼듯 오래 걸었네
이승과 저승 경계조차 지워진
길 없는 길을 눈사람처럼
아무 생각 없이 겁 없이.

방화

새 천년 정월 대보름
해묵은 억새밭을 불태운다는
창녕읍 근교 화왕산을 오른다
느슨하게 풀어주다 이내 당기는
연줄 같은 외길이 가팔라 멀다
불의 왕은 아직 안 보이는데
정상은 해발 칠백오십육 미터
오르며 생각하니, 그 동안 나는
너무 오래 속 태우며 살았다
세상에 별의별 코미디로 열 받고
신트림 같은 슬픔과 노여움으로
식도가 타고 위도 많이 상했다
놓친 담뱃불로 옷을 태우듯
날마다 가슴 철렁 협심증을 앓았다
살면 살수록 검불 같은 세상에
속 타지 않은 자가 어디 있으랴
문제는 내 생의 뒤란을 갈아엎어도
욕망은 또 억새처럼 자란다는 것이다

그 집착이 내 속을 태워먹는 쏘시개
위험하고 뜨거운 불씨임을 알았다
나는 이제 숨겨온 화경알로
언어의 빛을 모아 방화를 꿈꾼다
타다 남은 내 가슴속 애증을 꺼내
화왕산 억새밭에 맞불을 놓고 싶다
까맣게 다 타서 초토화된 땅
그 고요의 새벽에 눈 뜨고 싶다.

상생의 힘

월악산 계곡 너럭바위 한끝에
벌렁 나자빠진 졸참나무 한 그루
와불처럼 발 뻗고 잎이 푸르다

하마터면 영영 땅에 눕거나
절벽 아래 물귀신이 될 뻔한
나이 아직 한창인 졸참나무를
늙은 소나무가 어깨로 받고 있다

겁없이 우쭐거리다 큰물을 만나
삐딱하게 누워버린 졸참나무를
발 삐끗 빗나간 새파란 놈을
다 늙은 노송이 부축하고 있다니

저 상생의 힘으로 숲은 푸르고
그 향기가 산을 높이 추슬렀구나
나는 이 세상 누군가의 불행을
선뜻 몸으로 받쳐준 적 있었던가

눈물을 닦아준 적 있었던가

기껏 남이 깔아놓은 그늘에 앉아
잔이나 잡고 하루를 축내다니
아하, 나는 여태 헛살았구나
졸참나무 실뿌리 한 가닥이 슬몃
입 속으로 들어와 무두질한다

그만 계곡을 내려오다 보니
부끄럽고 무겁던 내 손은 없고
늙은 소나무 삭정이가 달려 있다
무엇을 집거나 들어도 가벼워진 손
상생은 인간을 나무로도 바꾼다?

간월도 가는 길

1

달마는 왜 동쪽으로 갔을까
번뇌와 보리는 不二라는데
간월도 가는 길을 村老한테 물으면
'서쪽으로 쭈욱 가면 나온다'는데
달마는 왜 굳이 동쪽으로 갔을까

만삭으로 탱탱한 보리밭 지나
나는 지금 동에서 서로 달린다
잔가지 촘촘한 미루나무가
하늘을 쓸고 있다, 쓸어도
구겨진 티슈 같은 흰구름 몇 장
어깃장 놓듯 느릿느릿 쓸린다

2

동서로 당겨 팽팽한 낚싯줄 같은

방조제 길 따라 차를 몰면 곧
물 벗은 갯벌 위에 간월도 뜬다
이젠 섬 그만두고 뭍에 붙은 땅
간월암만 지척에 떠 홀로 푸르다

서산식 사투리로 느슨해진 길
차를 버리고 천천히 걷는다
동행하던 달마가 넌짓 묻는다
"너는 무엇을 얻었는고?"
"말을 버리고 풍경을 얻습니다"
"너는 거죽을 얻었다"

3

대관절 이게 누구 짓일까?
(눈먼 잡식성의 소행이겠지)
포크레인에 등을 찍힌 야산이
벌겋게 부어올라 널브러졌다

막 회를 뜬 자리처럼 섬뜩한 능선
바다 끝을 움켜쥐고 몸부림친다

간이 진한 까나리 젓국내가
섬 온채를 건건하게 절이는
어물전 돌면 내 몸에도 간이 밴다
지나온 내 삶이 싱거웠을까
기억의 아가미가 문득 쓰리다
좌판에 모로 누운 생선들은 왜
죽어서도 눈을 감지 못할까

철새떼가 훑고 간 뻘밭을 쪼던
해오라기 한 마리가 깨금발 딛고
(너도 잡식성 인간이지?)
수상쩍은 듯 유심히 쳐다본다

4

해가 설핏 기우는 수평선 멀리
섬 하나 끌고 가는 작은 배 한척
간월도는 이제 섬이 아니라고
짚신 한짝 어깨에 멘 달마가
갈대잎 타고 소림사로 가는가보다

풍경을 버리고 술잔 가득 채운다
노을이 먼저 취해 비틀거리고
바다가 갑자기 서쪽으로 기운다
방금 삭발하고 뜬 달이 묻는다
"오늘 무엇을 얻었는고?"
"소주 한 병에 회 한 접시를……"
"또 미혹 하나 얻었군!"

정선 화암굴

어느 절망한 사내가 흘린
마지막 눈물로 생성된 나라
어둡고 긴 태초의 왕궁이리라
영생을 믿는 자의 고집이 넓힌
감감하고 아늑한 적멸의 水宮

두드려라, 그럼 열릴 것이다
서늘하게 돌아누운 둔부를 향해
억겁을 두드려온 눈먼 사랑이
뾰족뾰족 발기한 고드름을 키웠다
볼수록 섬뜩하고 위태한 발상

사천왕문이 바로 여긴가?
이빨들 험상궂게 벌린 문으로
간신히 들어서면, 네 어찌 감히!
천정의 물방울이 정수리를 때린다

한치의 오차 없이 고요를 파는

낙차 큰 소리가 절 하나를 짓는다
원왕생 원왕생 경을 외는 소리가
눈물젖은 石筍을 키우고 있다
크고 작은 미륵을 세우고 있다

슬픔과 분노와 그리움을 요약한
눈물이 방울방울 절망을 파고
어둠의 왕국을 세웠으리라, 허나
나와서 보면, 푸른 사자 한 마리
졸던 입을 벌리고 갑자기 어흥!

사막 1
—타클라마칸

태초에 쓴 시는 사막이었다
자잘한 글씨로만 쓴 대서사시
타클라마칸 그 불귀의 백지 위에
신이 남긴 불후의 명작이었다
사람은 물론 풀도 나무도 없고
날고 기는 짐승도 지운 여백이었다
다만 빛부신 태양과 목마른 시간
닮은 듯 서로 다른 상징이 모여
저마다 서걱서걱 빛을 뿜고 있었다
점자를 짚듯 낙타를 타고 가며
마음 자주 추슬러도 뒤뚱거리고
눈에서는 모래가 흘러나와 쓰렸다
길이 끝나는 곳에 언어가 있고
언어가 끝나는 곳은 사막이었다
지평선 멀리 펼쳐진 푸른 호수를
가이드는 신기루라 하였으나
마음은 자꾸 호반으로 달렸다, 가서
모래경 읽는 주민이 되고 싶었다

가장 오랜 독자는 바람이었다
어느 대목엔 결 고운 밑줄을 치고
수틀리면 뿌옇게 뒤집어엎는 과격한
바람도 독자였다. 읽을수록 난해한
너무 방대해서 번역조차 겁나는
신이 마지막 쓴 불멸의 경전이었다
내가 읽은 타클라마칸 사막은.

사막 2
—鳴沙山

얼마나 오래 엎드려 울었을까
뽀얗게 쓸린 둔부가 너무 눈부셔
슬그머니 다가가 만져보고 싶은
참다못해 어깨 덥석 껴안고 싶은
살결 고운 여자가 아직도 울고 있다

호벅진 엉덩짝을 철썩 때리면 이내
왜요? 하고 일어나 덥석 안겨들
눈만 살짝 흘겨도 무너져내릴
무모증의 여자가 엎드려 울고 있다

모래알도 서러우면 눈물이 날까
능선이 흐르다 멎은 샅 아래
상앗빛 월아천이 희다못해 푸르다
슬픔도 지극하면 하늘에 닿듯
눈물샘이 넘치면 초승달로 솟는가

정상이 가까울수록 명사산은

온몸으로 거부하듯 울부짖는다
그래도 땀 뻘뻘 헐떡거리며
절정에 올라서보니 어느덧 황혼
하얗게 질린 내 고향 초엿새 달이
반갑고 딱하다는 듯 내려다본다

함께 오른 일행들 다 내려가고
나는 정상에 남아 서녘 하늘 멀리
객혈하는 한 사내의 선홍빛 울음
그 장엄한 임종을 지켜보았다.

* 月牙泉. 명사산 아래 있는 초승달 모양의 샘. 돈황이 사막으로 변하자 어느 선녀가 슬피 울어 그 눈물로 샘이 되고 거기에 초승달을 던져 빛을 찾았다는 전설의 샘.

사막 3
—낙타의 길

낙타가 가는 길은 늘 사막이었다
삶이란 대개 마른 모래벌판에
터벅터벅 발자국을 찍는 일
뛰어봤자 세상은 또 사막이었다

간혹 가다 얻는 한무더기 가시풀
그 억세고 질긴 요행을 오래 씹었다
입 안에 피가 터져 흥건하도록
반추하는 노역의 쓰라린 세월처럼
맨밥은 참 팍팍하고 지금거렸다

등짐이 무거워도 고개를 들고
평생을 앞만 보고 걸었다. 더러는
무릎이 까지도록 설설 기면서
비단길이 어디냐고 물으면
사막의 하루는 일교차가 심했다

모래바람 뿌옇게 미친 날이면

속눈썹 긴 눈을 자주 끔벅거렸다
봄이 다 가도 황사는 멎지 않고
수상한 풍문만 천지에 분분할 뿐
온다던 주인은 나타나지 않았다

길 없는 길을 가는 낙타는
등에 진 제 육봉이 무덤이 된다
가도가도 끝 모를 길은 사막길
그 길만이 道라고 굳게 믿는
낙타는 제 무덤을 지고 다닌다.

사막 4
—우루무치 가는 길

1

투루판에서 고비사막 질러
우루무치(烏魯木齊) 가는 길은 아뿔싸!
출발부터 첫 고비였다. 갑자기
일기가 나빠져 예약된 봉고차는
위험해서 못 가고 그보다 덩치 큰
버스나 타야 날아가지 않는다고?
한치 앞도 안 보이는 모래바람 속
가끔 주먹만한 돌도 함께 날아온다고?
(그럼 죄 없는 자부터 나를 쳐봐라!)
내심 돌 세례가 없기를 기도하며
모래안개 자욱한 고속도로 달린다
달리다 보니, 나도 한낱 모래가 된다
아니, 모래보다 사소한 티끌이 된다
(두려움은 인간을 정직하게 만든다)
무인지경 사막에 와서 모래나
티끌보다 잘난 사람 손들어보라!

아, 드디어 보인다, 天山의 주봉
만년설 쓴 보고타가 멀리 이마를 든다

2

신령한 산세에 눌린 탓인지
그악스런 바람 자고 햇볕 쨍
하늘과 땅이 바뀐 듯 사막 온통
크고 작은 자갈들 별처럼 널려 있다
서울 어디선가 구경한 街鬪場 같다
누가 저 돌 몽땅 빵으로 만든다면
원망하던 사람들 다시 모일까
(배불리 먹고 힘 나면 머리띠 묶고
더 내놓아라! 화염병을 던질걸)
삼천삼백 년 전 광야에서 모세도
진작에 그걸 보고 화를 냈다지?
그래서 손 떨며 「출애굽」에 썼다지?
'안식일엔 부디 네 처소에서 쉬라'고

그런데 차들은 왜 주일마다 기어나와
고속도로 다 막고 북새질치나?

3

우루무치는 보고타봉 서쪽
실크로드 위쪽 천산남로에 있다
위구르어로 '아름다운 목초지'란다
사막의 누런 성화를 가로막고 서 있는
천산산맥 주봉을 차로 기어오른다
해발 천구백십 미터 겨드랑이 속
모로 숨은 '천지'가 서늘하고 푸르다
높은 암벽들 사이 햇솜처럼 하얗게
움직이는 구름떼가 다 山羊이라고
주인도 없고 누구의 손때도 안 탄
나와 다른 무위자연 양띠들이군!
서왕모 호텔에 여장을 푼다
산 아래선 내내 반팔도 더웠는데

겨울옷 껴입고도 으스스 춥다
오늘은 실크로드 대장정 엿새째
—모세가 이르되, 내일은 휴식이니
여호와께 거룩한 안식일이라
(칠박 팔일 우리 일정도 끝나가니)
너희가 구울 것은 굽고 삶을 것은
삶고 나머지는 다 너희를 위하여—
송재학 시인이 원주민에게 부탁한
양 한 마리 굽고 삶아 실컷 먹었다
노래방 기계까지 갖춘 빠오에서
밤하늘이 砂布처럼 빛나는.

병마용 사열

황제는 아직 돌아오지 않았다
이천이백 이십년 전 나이 오십에
저승으로 끌려간 최고사령관
그 막강한 위용은 보이지 않고
완전 군장한 육천여 정예 군단이
군주 없는 무덤을 지키고 있다
창칼이며 방패는 누가 압수했는지
빼앗긴 손 그대로 건장한 키에
전포에 갑옷 입고 주먹은 불끈
눈빛 부리부리 도열한 병마용 군단
하시라도 명령만 내리신다면
폐하를 비방하거나 불평하는 자
눈 삐딱한 자도 당장 요절을 내고
허황된 말로 독자를 현혹하는 자는
시집을 몽땅 거둬 불태워버릴
친위 군단은 오늘도 건재하시다
저 위풍당당한 대열을 사열하면서
대관절 나는 어느 줄에 서야 하나

나는 이미 군대에서 제대한, 아니
민방위도 어느새 다 끝나버린
직장마저 스스로 손을 턴 퇴역인데
나는 이제 목숨 걸고 아부할
폐하도 없고 당도 없는 무소속인데
어느 대열 어느 자리에 끼여야 하나
팔월 염천 불볕 아래 부동자세로
세월의 흙먼지 쓴 병마용 군단
오직 황제를 위하여 충성!
충성을 위하여 잠들지 않는데
황제는 왜 돌아오지 않는가?
천하를 통일한 여세를 몰아
염라국까지 정벌하러 갔을까?
오늘은 내가 와서 사열을 한다.

청룡산에 가서

고향 마을 쇠꼬지와 옹동말 사이
동으로 머리 두고 배를 깔고 엎드린
앞산을 일러 누대로 청룡산이라 했다
언젠가는 저 산이 용틀임하듯
푸른 비늘 번득이며 하늘로 오르면
마을에는 큰 인물이 난다고 했다
상서로운 일이 생긴다고 믿었다

허나 청룡산은 아직도 그대로 있다
하늘만 믿고 논밭 갈고 씨 뿌려
뿌린 대로 거두며 흙을 닮은 사람들
앞서거니 뒤서거니 산으로 가 묻혔다
더러는 마을 떠나 소식이 감감하고

청룡산은 오늘도 승천하지 않는다
밤나무 오리나무 상수리나무 수하에
진달래 조팝꽃 싸리꽃이 피고 진다
밤꽃 냄새 질펀한 산허리 돌면

쑥국새 피울음 뒤로 더위가 오고
다박솔 밑 산꿩이 새끼를 친다

이젠 저녁 연기 오르는 집 대여섯
고샅길섶 도라지 보라 꽃등 밝혀도
인적이 뜸한 조부모님 산소로 간다
잔 올리고 읍하고 이제 겨우 알았다
청룡산은 왜 승천하지 않는가
그걸 아는데 꼭 오십 년이 걸렸다.

일월 상조

대학은 다르지만 아내와 나는
시인 구용 선생 제자다
결혼하고 한참 지난 어느 해 가을
선생댁에 문안차 함께 갔다가
뜻밖에 선물 받은 붓글씨 한 점

표구해서 걸라고 하셨으나
집구석 어딘가에 잘 모셔두고
덤불 같은 세월 잡고 허둥대느라
스무 몇 해 깜박 잊고 살았다
이따금 기억의 갈피를 뒤졌으나
번번이 찾지 못하고, 지난 여름
아내와 간월도에 가서 보았다

서녘 하늘에 지는 해가
수평선 지척에서 벌겋게 취해
무엇이 아쉬운 듯 주춤거릴 때
동녘 하늘엔 상현달이 뜨고 있었다

‘日月相照’

우리는 말없이 바위에 앉아
해와 달이 서로 비추는 금슬
그 명명한 만다라를 다시 읽었다
수묵 같은 어스름 엷게 번진 해변을
우리는 오랜만에 손을 잡고 걸었다

누군가 등 뒤에서 깔깔 웃었다
돌아다보니, 거나하신 노을이
‘차암 좋다, 좋아 보여!’
멀리서 연신 무릎을 치며
절묘한 丘庸體로 웃고 계셨다.

성 가족

어디서 쫓겨온 일가족일까
아파트 단지 높다란 굴뚝 꼭대기
피뢰침 바로 아래 짓다 버린 까치집
언제부턴가 올망졸망 새끼들 딸린
가난한 까치 부부가 세들어 산다
비바람 치고 천둥소리 거친 날이면
보채는 새끼들을 품고 잠든 부부는
스스로 집이 된다 요람이 된다
남루도 때때로 행복이 되는
하늘 가장 가까운
聖家族이 산다.

제4부

동백꽃 패설

법당 앞 돌계단 사이에 두고
어린 동백 두 그루 마주 서 있다
새파란 잎들이 공양 받은 햇살을
키질하듯 살랑살랑 까분다, 금세
분분한 소문 같은 금빛 가루 부시다
그 무슨 법문을 주고받길래
온통 벌게진 낯으로 키들거릴까
얼마나 솔깃하고 귀맛이 나면
노란 목젖까지 다 보이도록
꽃술을 활짝 열고 자지러질까
용맹 정진하라, 땡그렁!
아니면 파계하라, 땡그렁!
부연 끝 풍경이 수시로 경을 쳐도
동백꽃은 한사코 입 다물 줄 모른다
참 농후하고 불경스런 수작을
불당에서 내내 내려다보는
부처님도 손들고 조용하시다
저 철없이 고운 사미들 돌연

옷 벗고 정말 파계하면 어쩌나
절 버리고 혹 내게 오면 어쩌나
걱정이 앞서고 가슴 설레는
볼수록 낯뜨겁고 황홀한
동백꽃 패설.

작은 마마

몸이 쇠하면 손님마저 깔보는가
개미떼가 스멀스멀 기어가는 듯
목 주위가 벌겋게 부어올라 가렵다
내 몸속 어딘가에 세들어 살던
복사나무 한 그루가 어느새 자라
이 봄날 홀연 열꽃을 피우는가
—대상포진이군요
기력이 떨어지면 찾아오는 불청객
신경줄 따라 수두꽃 모종하는
마마의 동생 '작은 마마'라는군
내 몸속 어딘가에 안주할
개미들의 집터가 남아 있다니
나는 아직 덜 늙었다는 말인가
복사나무 한 주쯤 몰래 키워
꽃망울을 터트릴 여지가 있다니
내 몸은 아직도 성하다는 말인가
생각을 바꾸면 안심은 된다만
참을 수 없이 가려운 손님

작은 마마여! 부디
이 봄이 가기 전에 방을 빼다오
나는 지금 문 닫고 내부 수리중.

효자손

세상에 효자는 없는 것일까
저 지난 여름 어느 날
문득 세상 뜨신 아버지는
등글개 하나를 두고 가셨다
어머니 가시고 열세 해 동안
맏아들인 나의 집에 사시며
홀로 당신의 가려운 등 긁던 손
등피엔 '효자손'이란 글씨 선명한
등글개 역시 반쪽의 대나무였다

누가 사다 드렸더라?
아내가 사다 드린 것이 아니면
아버지의 장손인 아들녀석이
중2때 수학여행 다녀온 선물이리라
나만 제하면, 아내와 아이들은
깜냥껏 따르고 잘 모셨건만
마흔세 해 해로한 어머니만 했으랴
아무리 긁어도 가려운 여생

세월이 가도 그리움은 사무쳐
이승 접고 마실가듯 뜨셨으리라

생전에 등글개첩도 안 두고
온갖 노여움과 외로운 생을 긁던
아버지의 손때 전 유품으로
오늘은 내가 내 잔등을 긁는다
세상에 효자가 따로 있으랴
언제 어디서나 가려운 곳 잘 가려
시원시원 긁어주는 손이 효자다
아버지의 유품 '효자손'으로
오늘은 내가 내 슬픔을 긁는다
가려운 내 나이를 긁는다.

무지개 1

소나기떼 쓸고 간 동녘 하늘 끝
매봉산 형제가 줄넘기를 한다
빨 주 노 초 파 남 보
일곱 빛 색실로 꼰 동아줄 잡고
내 마음도 들썩들썩 따라 넘는다
줄을 돌려 산 너머 산 너머 가면
그 옛날 몰래 가슴만 두근대다
놓쳐버린 절반의 첫사랑이 있을까
일곱 빛 레이스로 열린 하늘 문
저 두렵고 환한 돔으로 들어가면
에덴 동산 마루엔 고해소가 보일까
푸른 망토 두른 사제라도 만나면
내 당장 무릎을 꿇으리라, 아직도
까닭없이 설레는 무지갯빛 사랑을
신의 나라로 망명을 꿈꿔온 죄를
낱낱이 고백하고 사면을 받으리라
하늘로만 솟다가 지친 그리움
땅에 박고 휘영청 활처럼 휘어

팽팽하게 당기는 칠현금 소리
빨 주 노 초 파 남 보
함부로 손타거나 넘보지 말라고
천지간에 쳐놓은 화사한 禁줄이다
매봉산 형제가 친 쌍끌이 그물이다.

무지개 2

전생에 이루지 못한 사랑
이승에서 다시 만나 맺자고
서로 나눈 반쪽 가락지
오늘 홀연 서산 위에 떠 있네
사랑의 증표 아직 녹슬지 않고
일곱 빛깔 섬섬히 눈이 부신데
볼수록 내 가슴 마냥 뛰는데
그대는 어찌 안 보이는가?
그 동안 나는 한점 뜬구름으로
마을에서 산으로 들로 강으로
그대 찾아 섬도 가고 절에도 갔네
오늘도 매봉에 혼자 올라 야호!
앞산이 무너져라 불러도 감감
그대는 지금 어디에 숨어 있나?
말 못할 그 무슨 속사정이 있길래
둘이 나눈 무지개표 가락지
그 반쪽 사랑만 이제야 보여주나?
저무는 하늘가에 슬며시 내건
저 눈 아리게 빛부신 破婚!

너는 나와 다르다

분명히 말해두지만
너는 나와 다르다
탐욕의 수사학에 능한 거미여,
너는 어둡고 외진 곳에 그물을 치지만
나는 내 목구멍에 거미줄 치고 산다
너는 죽은 척 숨어서 먹이를 노리지만
나는 홀로 빈 방에 스스로 갇혀
사무치는 그리움만 파먹고 산다
달변의 항문으로 끈적끈적 갈겨 쓴
현란하고 음흉한 글줄, 다시 보면
틈 많고 내용 뻔한 밑씻개를 내걸고
너는 모기나 날파리를 유혹하지만
나는 외롭고 고된 여생을 풀어
순장될 허무의 집 한 칸 짓기 위해
필생의 무늬를 짜 허공에 건다
남이 보면 하찮고 내가 보면 지극한
그래서 거듭 말해두지만
나는 너와 다르다.

노자의 그물

하늘의 그물은 워낙 크고 넓어서
성긴 듯하나 결코 놓치는 법이 없다
—노자

몰라도 한참 몰라 하는 소리다
하늘도 뇌물을 자시고 눈감았는지
너무 낡아 그물코가 찢어졌는지
하늘의 그물은 날로 쓸모가 없어졌다

대어들 지느러미 더욱 교활해지고
붕새들 날개 더욱 약삭빨라서
하늘의 그물 찢고 잘도 빠져나간다
피라미 버들치 놀래미 망둥이 같은
잔챙이만 더러 걸려 시끄러울 뿐
세상은 하늘의 그물쯤 안중에 없다

간혹 제가 친 그물코에 걸려서
코가 납작해진 어부도 있다지만
천벌 운운 하거나 하늘 무섭다는 건
순진한 노자가 살던 시절 얘기다

이젠 매연으로 찌들어 색 바랜 하늘
오존층이 구멍난 온난화 시대에
누가 하늘의 그물을 두려워하랴

날 더운 여름 시냇가로 메고 가
피라미 송사리 버들치나 건져
매운탕에 소주 한잔 걸치기에 딱
제격인 노자의 그물.

사람보다 하늘이

사람보다 하늘이 더 비정하신가
입동날 무서리 쓴 감나무
가지 끝에 매달려 발버둥치는
바싹 말라 주름진 잎새 하나를
무시로 장난치듯 공중제비 돌린다

—내 청춘을 담보로 스무 해 넘게……
—몸져누운 노모와 처자식들이……
—제발 좀 살려줘요 하느님!

놓치면 생은 아주 끝장난다고
가지를 움켜쥐고 조마조마 버티는
처절한 몸부림이 으스스 추운
손 곱아 맥이 풀린 잎새 하나를
술 먹고 담배 먹고 빼빼이 시켜
차디찬 맨땅 위에 내려놓는다

질기고 모진 것이 삶이라지만

실직의 아픔도 모르시는 하느님
어쩌다 그런 실수를…… 그래도
하느님 보시기에 좋아라?

가위 바위 보

여남은 살 계집애와 사내가
가파른 오십 돌계단을 오른다
앞서거니 뒤서거니 한 칸씩
오르면서 움켜쥔 조막손 편다
가위 바위 보! 가위 바위 보!
추억의 층계 위로 햇살 부시고
하늘로 내뻗는 완두덩굴손같이
팽팽하게 긴장한 손마디가 당차다
가위 바위 보! 가위 바위 보!
넌지시 따라가며 바위를 민다
아카시아 잎사귀로 보쌈한
큰바위 얼굴 하나 굴러떨어져
코가 깨진 미륵처럼 심드렁하다
가위 바위 보! 가위 바위 보!
녹슬고 이 빠진 가위로 싹둑
나이나 한살씩 잘라냈으면……
너덜너덜 짐스런 욕망 한 잎씩
색 바랜 추억들도 따서 버린다

가위 바위 보! 가위 바위 보!
가위가 바위를, 바위가 보를
도무지 이길 수 없듯, 나는 또
이 세상 누굴 감히 이겨봤던가
갈수록 버릴 것이 많은 생, 이젠
가위도 바위도 보도 버린다
그 동안 나는 많은 생을 놓치고
너무 많은 세월을 흘리고 왔다
쉰 몇 개 돌계단을 오르기 위해.

허허실실

어렵사리 새잎 내던 미루나무가
어느덧 한여름 되니, 여봐라
짙푸른 手旗를 기세좋게 흔든다
겨우내 헐벗고 추위에 떨다
압도적인 표차로 재기한 선량
'당선사례' 방처럼 눈이 부시다
훤칠한 어깨 위에 까치집 얹고
넉넉한 오지랖에 매미도 불러들여
시원한 창을 듣고 우쭐우쭐 푸르다
죽어도 어디에 허리를 굽히거나
고개 숙인 적 없는 나이테를 굴리며
하늘 향해 더 높이 머리 두는 생
그 직립의 그늘 아래 나도 서 있다
헌데, 이 땅의 키 큰 나무들은 왜
아침저녁 바람에 손바닥을 뒤집듯
말을 자주 뒤집고 색을 쉽게 바꿀까
큰 나무라면 어디에나 빌붙어
벌겋게 달아오른 나팔꽃들이

만장일치 우레 같은 박수 갈채로
한여름을 뜨겁게 치켜세운다
미루나무 그늘 아래 짓눌려 살던
개망초 한 무리 넌짓 허리를 편다
허허실실 기특하게 웃는다.

지동설을 믿다

꿈도 똘똘 뭉치면 힘이 되는가
태극 전사들 강골의 발로 이마로
번개같이 차올린 꿈이 드디어
열강의 철옹성 골네트를 가른다
지축이 울리고 하늘이 경련한다

히딩크의 주먹이 어쩔 줄 몰라
허공을 향하여 어퍼컷을 먹인다
지구의 옆구리가 움푹 패인다
반도의 허리 죄던 질곡과 어혈이 터져
세계를 덮는다. 용암처럼 뜨겁고 붉게
대~한민국 짝짝 짝 짝짝 대~한민국!

지구촌 저쪽에서 지켜보던 우상들
슛 한방에 가슴 뻥 뚫린 강호들
한동안 허리 꽤나 결리겠다
배알 좀 꼴리겠다

세상의 모든 공은 둥글다
지구도 둥글어 낮과 밤이 바뀌듯
남의 불행은 때로 내 행복을 만든다
꿈을 한데 뭉치면 하늘도 동하신다
그래서 나는 지동설을 믿는다.

한탄강 억새

이승과 저승을 왕래하는 나룻배
늙은 사공 카론 영감*을
나는 한탄강 나루에서 보았다

코묻은 동전 한닢만 주면
세상 밖 어디든지 태워준다는
허나, 독재자나 손 검은 자는
아무리 위협하고 황금으로 꼬셔도
무주 고혼으로 떠돌게 한다는
그 늙은 고집은 이제 휴업중이다

오랜 가뭄으로 강이 마르고
장의사한테 일거리도 뺏기고
바람 같은 세월에 머리칼만 센
뱃사공 카론 영감은 요즘
강언덕 저녁놀 쓰고 서서 야윈다

지난 여름 홍수때 배마저 잃어

하릴없이 손 털고 심심한 사공
카론 영감은 이제 온몸으로 노젓듯
남은 생을 하얗게 털어내는
한탄강 억새.

* 그리스 신화에 나오는 아켈로오스강의 나룻배 사공. 죽은 망령이 저승으로 가려면 누구나 배를 타고 강을 건너야 하는데 카론 영감은 뱃삯으로 동전 한닢만 받고 태워준다고 한다.

풀쐐기집

가을 바람 소슬한 나이
나도 손수 집 한칸을 지었다
마음 다잡고 몸 구겨넣고
침묵의 번데기로 근신할 禪房
한갓진 싸리나무 가지에
어렵사리 고치 하나 틀었다
삶이란 무릇 시린 잔등에
억센 가시털을 세우는 일이므로
가장 질기고 슬픈 세월만 골라
둥글게 구술한 생이 고치이므로
속죄의 무덤 하나 내건 셈이다
나는 이제 하늘 훨훨 주름잡는
나비가 아니다. 그러니까 누구든
쓸데없이 나를 불러내지 마
심보 약간 삐딱한 학동들처럼
더러운 막대기로 들쑤시거나
허튼 소리로 슬슬 집적거리지 마
누가 괜히 건드리면 더욱 뻣세게

따끔한 쐐기를 박아주는 풀쐐기니까
내내 했던 말 또 내뱉는 누에와
나를 혼동하지 마, 내 앞에선
함부로 얼굴에 주름잡지 마!

개평 같은 덤 같은

내 나이 딱 오십이 되면
밥 빌던 직장을 그만두리라
속으로 다짐하고 또 했다, 헌데
막상 쉰이 다 돼가는 어느 날
본 나이로 할까, 호적 나이로 할까
호적 나이라면 아직 이태나 남았는데
치사한 잔머리를 굴리다 에라!
본 나이 오십에 밥숟갈을 던졌다

어느새 나도 이태 후면 환갑이다
호적 나이로 치면 네 해나 남았다
갑년이라면 보고도 못 본 척
듣고도 못 들은 척
눈과 귀가 순해져야 할 텐데
나는 아직 눈이 바빠 탈이다
귀가 여려 탈이다

본 나이와 호적 나이 사이에

라일락꽃 흐드러진 봄이 오가고
한여름 매미소리 귀를 찢는데
오동잎 살랑살랑 가을바람 쫓는데
나는 아직 바쁜데 이를 어쩌나?
본 나이로 칠까 호적 나이로 갈까
망설이는 사이에 갑년은 올 것이다
이를테면 개평 같은 덤 같은.

시인의 말

『지도에 없는 섬 하나를 안다』 이후 3년 가까이 쓴 작품들을 모아 여섯번째 시집으로 묶는다. 옹근 나이로 치면 갑년을 맞는 해에 여섯번째 시집을 내게 되는 우연을 행운이라 해야 할까 덤이라 해야 할까. 아무튼 흐뭇하고 한편으론 멋쩍다. 두번씩이나 시집 간행에 선뜻 동의해준 이시영 시우와 손수 엮어준 고형렬 시인께 갚지도 못할 빚을 또 지게 됐다.

스물 안팎에 언감생심 시공부의 수렁에 발을 디민 지 어느덧 40년을 헤아린다. 허나 별로 내세울 것도 성과도 없이 탕진한 세월이 새삼 허허로워 몸 둘 바를 모르게 한다. 그 동안 나는 너무 멀리 와 있다는 생각을 자주 갖는다. 세상으로부터 가족으로부터 친구로부터 시로부터 심지어 나로부터도 너무 멀리 와 있다는 사실에 스스로 놀란다. 그 뒤에 오는 자성과 두려움과 외로움은 때로 내 문학의 질료가 되고 삶의 구원이 되기도 했다.

연전의 다섯번째 시집에 이어 이번 시집에도 해설을 달지 않았다. 굳이 누구의 필설을 빌지 않아도 내 시는 우리말을 아는 이면 누구나 소통될 수 있다는 자의에서

다. 또한 가장 보편적인 소재와 평이한 언어로 개성적인 발견을 위해 나름대로 애써왔다는 생각에서다. 그것은 주제넘은 시 쓰기를 피하고 나만의 세계와 목소리를 고집해왔다는 뜻과도 통한다. 그래서 나는 이 한 권에 채워진 나만의 언어와 세계와 목소리가 반드시 시라고 지칭되길 강요하지 않는다. 나와 동시대를 호흡하는 이웃과 함께 나누는 감흥이며, 아픔이며, 열정과 정서이며, 언어의 꽃으로 존재하길 소망한다.

문학의 위기가 회자되고, 특히 시의 귀족성과 배타성을 질타하고 시의 종말을 우려하는 시대에 나는 이미 현란한 수사와 난해한 상징을 버렸다. 종교적 엄숙성이나 철학적 심각성, 화자의 우월적 사고나 교시 따위가 끼여드는 것도 경계해왔다. 보편적인 소재와 친숙한 언어, 간결한 구문으로 가슴부터 울리는 노래가 되기를 추구해왔다. 시에 등장하는 사물에 대하여 '나는 무엇인가'라는 화두를 붙여놓고 그 답을 말할 때도 나는 추상과 관념을 버리고 가급적 생생하고 구체적인 언어로 해석하고 보여주려 애써왔다.

내가 나를 포기하지 않고 여기까지 끌고 왔다는 우직함과 기특함이 스스로 위안이 되는 요즘이다. 하고많은 세상 일 중에 내가 할 수 있는 일이란 고작 시 쓰는 일 말고는 달리 나를 구원할 길이 없다는 변명이 옹색하지만 오히려 솔직한 고백이다. 시 같은 수공업보다 최첨단 디지털의 위력이 막강한 세상, 시는 있어도 그만 없어도 그만인 시대, 시란 안 써도 잘 살고 안 읽어도 행복한 세상이다.

그럼에도 연일 시집과 시 잡지가 범람하고 독자보다 시인이 더 많다는 나라에서 내 시집인들 무슨 힘과 행복을 보장하랴. 허나 이 미완의 시집을 세상에 디밀며 나는 간절히 소망한다. 가장 좋은 시, 가장 훌륭한 시를 쓴 시인으로 남기보다 진짜 좋은 시 한 편 얻기 위해 평생을 노심초사한 시인으로 기억되기를.

계미년 정초 '耳笑堂'에서

임영조

창비시선 223
시인의 모자

초판 1쇄 발행/2003년 2월 15일
초판 4쇄 발행/2016년 4월 18일

지은이/임영조
펴낸이/강일우
편집/고형렬 강일우 김정혜 문경미
펴낸곳/(주)창비
등록/1986년 8월 5일 제85호
주소/10881 경기도 파주시 회동길 184
전화/031-955-3333
팩시밀리/영업 031-955-3399 · 편집 031-955-3400
홈페이지/www.changbi.com
전자우편/lit@changbi.com

ISBN 978-89-364-2223-3 03810